Juguetes de otros tiempos

por Elizabeth Moore

Consultora:
Adria F. Klein, Ph.D.
California State University, San Bernardino

capstone
classroom
Heinemann Raintree • Red Brick Learning
division of Capstone

En el pasado, las personas fabricaban muñecas con chalas de maíz.

También hacían los muñecos con tela.

En el pasado, las personas fabricaban camiones de juguete de madera.

Hacían juguetes de arrastre de madera.

Hacían trompos de madera.

En el pasado, las personas hacían caballos de lata.

¿De qué están hechos los juguetes en la actualidad?